Princesse Zélina

L'héritière imprudente

Bruno Muscat

Tout petit, il adorait se déguiser en chevalier et sauver les princesses avec son épée en plastique. Trente ans plus tard, Bruno Muscat est journaliste à *Astrapi*. Raconter des histoires est devenu son métier et les châteaux forts le font toujours autant rêver.

Édith est illustratrice. Elle est connue depuis 1990, quand elle a publié la série *Basile et Victoria*, qui a reçu l'Alph-Art, un des plus prestigieux prix de bande dessinée français. Elle travaille aussi beaucoup avec les éditeurs jeunesse tant sur des albums que des livres de fiction.

BRUNO MUSCAT . ÉDITH

Princesse Zélina

L'héritière imprudente

bayard poche

Royaume de

Montagnes Noires

Landes d'Ohr

Kertala

Royaume de Loftburg

Sévrougo

Schnitzel

Lac d'Émeraude

Noordévie

Baghora

Le château royal

Oberon

Forêt de Tildar

Île d'Ysambre

Port-Duchesse

1
Une annonce importante

Ambre posa délicatement le diadème sur la tête de Zélina.

– Vite, Ambre, nous allons être en retard…

La jeune demoiselle de compagnie s'affairait autour de sa princesse. Ce matin, le roi Igor recevait tout ce que le royaume comptait de gens importants. Il avait de grandes choses à annoncer à son peuple. Pour ce moment solennel, la tenue de Zélina devait être parfaite!

– Ça y est, ma princesse, vous êtes prête.

Zélina jeta un coup d'œil au miroir de sa coiffeuse. Elle était superbe dans sa robe aux reflets de nacre.

– Bravo, mon Ambre. Allons-y, nous n'avons plus une minute à perdre !

Dans un frou-frou de soie, Zélina et Ambre descendirent quatre à quatre les marches du somptueux escalier de marbre du château d'Obéron.

Puis elles traversèrent en trombe le vestibule,

sans un regard pour leur image renvoyée par les énormes glaces serties d'or qui en tapissaient les murs et se précipitèrent vers la salle du trône.

Lorsqu'elles franchirent, tout essoufflées, la magnifique porte finement ouvragée, les trompettes résonnèrent, et une voix annonça :

– Son Altesse la princesse Zélina et mademoiselle Ambre.

Tous les regards se dirigèrent vers la princesse. Les invités du roi se courbèrent respectueusement. Zélina rosit. Tous ces gens… C'était très impressionnant ! Heureusement, son père lui fit un grand sourire. La reine Mandragone, sa belle-mère, flanquée de son stupide fils Marcel, était déjà installée à ses côtés. Qu'est-ce qu'il pouvait énerver Zélina, celui-là !… De trois ans son aîné, Marcel était arrogant, prétentieux et grossier. Il avait l'intelligence d'un ver de terre. Mais ce que Zélina avait le plus de mal à supporter, c'était qu'il se voyait déjà roi de la Noordévie.

– Ma chérie, viens te joindre à nous, l'invita Igor en lui tendant la main.

Le roi demanda le silence. Les conversations se turent. Igor se leva de son trône :

– Mes chers sujets, comme vous le savez, je ne suis plus très jeune.

Un murmure de protestation parcourut l'assistance.

– Rassurez-vous, ma santé est encore bonne. Mais qui sait de quoi demain sera fait ? C'est maintenant qu'il me faut penser à l'avenir de notre pays. Pour cela, je désire désigner officiellement, devant vous, la personne qui me succédera sur le trône du royaume de Noordévie.

Mandragone eut un petit sourire, et Marcel bomba le torse. Le roi reprit :

– J'ai donc décidé que, si je venais à disparaître, ce serait la princesse Zélina, ma fille adorée, qui me remplacerait. Je sais qu'avec son intelligence et son charme, elle saura s'acquitter de cette lourde tâche et conquérir le cœur de tous ses sujets.

Le sourire de Mandragone se figea. Zélina se fit toute petite alors qu'une ovation éclatait dans la salle du trône. D'un geste, Igor apaisa la foule.

— Évidemment, s'il devait arriver malheur à ma chère Zélina, ce serait Marcel, mon beau-fils, qui monterait sur le trône. Voilà, tel est mon choix !

Les vivats redoublèrent. Mandragone ne bougeait plus. Elle était devenue toute pâle. Comment Igor avait-il osé ? C'était Marcel qui devait lui succéder, pas Zélina… Marcel était le plus âgé, et le roi l'avait adopté ! La reine sentit la haine monter en elle. Ça n'allait pas se passer comme ça, elle n'avait pas comploté pendant tant d'années pour que cette mijaurée prive son fils du trône !

Le roi invita chacun à un grand banquet. Alors que la foule quittait la pièce pour se rendre dans la

magnifique salle de réception du château, Ambre saisit tendrement les mains de Zélina:

– Alors, ma princesse, vous devez être heureuse!

Mais il n'y avait aucune joie dans les grands yeux d'émeraude de Zélina.

– Ambre, dit-elle avec force, si je dois perdre mon papa bien-aimé pour monter sur le trône, alors j'espère ne jamais avoir à porter la couronne de la Noorvédie!

2
Mon nom est Belzékor

La table du banquet était magnifique, et les mets étaient succulents. On servit d'abord un consommé de langouste d'un raffinement inouï. Suivit un chapon rôti aux fruits rouges d'une saveur exceptionnelle, accompagné d'une sublime fricassée de petits légumes confits. Gâte-Sauce, le cuisinier du château, s'était véritablement surpassé… Malgré cela, Mandragone ne put rien avaler. Comment Igor avait-il pu la trahir ainsi ?

En plus, on l'avait installée en face de Zélina, et chaque fois qu'elle levait le nez de son assiette, ses yeux ne pouvaient éviter le beau visage de celle qui avait anéanti tous ses plans. C'en était trop! Elle prétexta un léger malaise et monta s'enfermer à double tour dans ses appartements.

Furieuse, Mandragone se laissa tomber dans son fauteuil. Elle devait se ressaisir! La reine essaya de remettre de l'ordre dans ses idées. Cette petite péronnelle de Zélina était l'héritière officielle? Eh bien, il lui suffirait de la faire disparaître pour leur ouvrir, à elle et à Marcel, le chemin du trône et du pouvoir absolu sur la Noordévie. Elle songea un instant à utiliser le poison, comme elle l'avait fait huit ans plus tôt pour se débarrasser de la reine Mathilde, la mère de Zélina. Mais elle abandonna aussitôt cette idée: c'était bien trop dangereux. Deux fois de suite, ça finirait par éveiller des soupçons… Non, il lui faudrait être beaucoup plus subtile!

Mandragone se leva et saisit un lourd grimoire

cramoisi dans sa bibliothèque. Elle le posa sur son lutrin*, chercha la bonne page et lut attentivement la formule magique. Puis elle traça à la craie rouge une étoile sur le sol, se piqua le doigt avec la pointe d'un poignard d'argent et laissa couler quelques gouttes de son sang au centre de l'étoile. Cela fait, la reine se pencha sur le grimoire :

– Par la bave du crapaud et le venin de la vipère…

Elle respira pour se donner du courage :

– … je demande que les portes de l'enfer s'ouvrent pour moi…

Mandragone essuya la sueur qui perlait sur son front.

*Pupitre sur pied servant à lire et consulter les ouvrages de grande taille.

– ... afin que je puisse m'incliner devant Koor, Seigneur du Chaos et Prince des Démons.

Un tourbillon rouge et âcre jaillit du centre de l'étoile. Le visage du terrible Koor apparut dans le nuage de fumée. Les crocs dégoulinant de sang, les cornes luisantes et les yeux de braise faisaient ressortir la monstrueuse pâleur du Maître des Ténèbres.

– Qui ose me déranger ?

La reine frissonna. Il était trop tard pour reculer.

– C'est moi, votre humble servante Mandragone, Maître, dit-elle d'une voix mal assurée.

– J'espère que vous avez une bonne raison pour interrompre mon repos, misérable créature.

Mandragone avala sa salive :

– Excusez-moi, ô tout-puissant. C'est que… Vous n'êtes pas sans savoir que je vous ai toujours servi avec zèle.

– Mouais. Venez-en aux faits !

– Voilà. Je crois qu'il est temps que nous nous débarrassions de la princesse Zélina. Elle est la bonté même. Alors, si nous voulons semer le malheur et la discorde dans le royaume, j'aurai besoin de votre aide !

Koor lui lança un regard plein de mépris.

– De qui vous moquez-vous, poussière parmi les poussières ? M'invoquer pour de telles futilités !

Mandragone ferma les yeux. Le Prince des Démons reprit :

– Mais vous avez de la chance : car moi, Koor,

je ne suis pas un ingrat. Je me souviens que jadis vous m'avez offert la vie de la reine Mathilde. Et je vais vous aider !

Il y eut un grand fracas, et Koor disparut. Puis, plus rien… Pendant que la fumée se dissipait, Mandragone se demanda, anxieuse, si Koor ne s'était pas payé sa tête. À ce moment, une petite voix aigrelette monta du centre de l'étoile :

– Il y a quelqu'un ?

Mandragone baissa les yeux. Un nabot cornu particulièrement laid était assis sur le sol.

– Qu'est-ce que vous faites ici ? demanda la reine, courroucée.

– Tremblez, mortelle, car Belzékor est mon nom, et je suis un démon !

La reine eut une grimace de dégoût:

– C'est vous que Koor m'envoie pour m'aider à me débarrasser de la princesse Zélina?

– Oui, c'est moi, glapit la chose hideuse.

Mandragone ferma son grimoire et leva les yeux au ciel. Ce n'était pas gagné! Belzékor se mit sur ses courtes jambes et s'épousseta:

– À propos… sauriez-vous à quelle heure on dîne ici?

3

Zélina, tu ne sortiras pas !

Le lendemain matin, il faisait un temps magnifique. Zélina rejoignit le reste de la famille royale pour le petit-déjeuner.

C'était un des rares moments où elle pouvait profiter de son père. Après avoir embrassé Igor, salué Mandragone et Marcel, elle s'assit à la grande table et noua une serviette autour de son cou. On lui apporta un bol de délicieux chocolat fumant bien crémeux.

– Quelle journée splendide! lança-t-elle, guillerette.

Igor sourit. Mandragone fit semblant de ne pas l'avoir entendue, et Marcel grommela. Zélina prit un croissant dans la corbeille de viennoiseries et se jeta à l'eau:

– Mon petit papa adoré, puis-je avoir la permission d'aller me promener à Obéron avec Ambre? S'il te plaît…

Igor s'essuya la bouche.

– Mais c'est une très bonne idée, ma chérie. Dès que nous aurons terminé de manger, je vais demander que l'on attelle le carrosse royal et que l'on prépare une escorte.

– Euh, papa…

– Tu pourrais aller au théâtre. Veux-tu que j'y fasse donner un opéra pour toi?

Zélina fit la grimace:

– Papa, je n'ai pas envie d'aller au théâtre. Je veux simplement visiter les rues à pied, voir les monuments et les magasins. Je n'ai besoin ni de carrosse ni d'escorte…

Igor fronça les sourcils :

— Sans escorte ? Mais tu n'y penses pas, ma fille ! Tu ne trouves pas que tu es encore un peu jeune ?

— J'ai quand même douze ans ! Et puis, il y aura Ambre…

Le roi l'interrompit, lançant sur un ton sans réplique :

— Ma fille, ta place de princesse est à l'abri des murs du château, et non dans les rues d'Obéron.

Il croqua dans sa tartine et ajouta :

— Si tu as envie de te promener librement, va dans le jardin. Il est suffisamment grand, et là, tu ne risques rien. D'accord, ma chérie ?

Zélina haussa les épaules. Elle en avait assez qu'on la traite comme une petite fille! On ne voulait pas qu'elle sorte? Eh bien, tant pis, elle trouverait un moyen pour s'éclipser sans demander la permission à personne! À la fin du petit-déjeuner, la princesse entraîna Ambre dans la buanderie.

– J'ai une idée! souffla-t-elle. On va se déguiser en servantes, et comme ça on passera inaperçues!

– Vous êtes sûre, princesse? chuchota Ambre en jetant des coups d'œil inquiets autour d'elle.

Pour toute réponse, Zélina troqua sa jolie robe de soie contre une jupe grise, une grossière chemise de toile et un tablier blanc.

– Comment me trouves-tu?

– Vous êtes très jolie, comme toujours. Mais je ne pense pas que ce soit une bonne idée. Votre père…

– Allez, Ambre, dépêche-toi!

En maugréant, Ambre se hâta de se changer elle aussi. Accoutrées de la sorte, les deux jeunes filles saisirent chacune un panier et se dirigèrent vers le pont-levis. Alors qu'elles avaient presque franchi la grande porte, une voix résonna derrière elle :

– Halte-là !

Zélina se figea. C'était la voix de Lothar, le garde.

– Votre Altesse… Vous savez pourtant bien que votre père ne veut pas que vous sortiez !

– Mais, Lothar, comment m'avez-vous reconnue ? bredouilla Zélina.

– Grâce à votre diadème, Altesse. Les servantes ne portent pas de diadème…

Démasquée aussi aisément, Zélina était vexée. Elle se tut : après tout, les gardes ne faisaient que leur travail.

Mais elle était furieuse contre son père. Et aussi contre elle-même…

Elle se tourna vers sa demoiselle de compagnie et dit avec dignité :

– Viens, Ambre, on rentre.

Quand Lothar eut présenté un rapport au roi, comme sa fonction l'y obligeait, Igor convoqua immédiatement sa fille.

– Zélina, je suis très en colère ! cria-t-il. Pourquoi m'as-tu désobéi ?

La princesse regarda ses chaussures sans rien dire, honteuse.

– Puisque c'est comme ça, tu seras enfermée dans ta chambre jusqu'à nouvel ordre…

Zélina eut du mal à retenir ses larmes. C'était trop injuste ! Tout ce qu'elle demandait, c'était de connaître Obéron. Pourquoi personne ne voulait la comprendre ?

4
Promenade nocturne

La nuit tombait sur Obéron. Zélina était de très mauvaise humeur. Allongée sur son lit, elle ruminait sa mésaventure. Elle n'avait pas décoléré de toute la journée. Ainsi, elle ne pouvait pas sortir du château ? C'était ce que l'on allait voir ! Zélina décolla la petite mouche de taffetas noire qui ornait sa gorge. Elle souffla délicatement sur le minuscule bout de tissu. Et celui-ci se transforma en une véritable petite mouche.

– File, Zig-Zag, et ramène vite la fée Rosette, ma marraine. Elle, au moins, saura me comprendre.

Il ne fallut que quelques minutes à la bonne fée pour venir au secours de sa filleule. Zélina la laissa entrer par la fenêtre et lui raconta ses malheurs. Rosette s'exclama :

– Tu as cent fois raison !

Rosette prit Zélina par la main et l'entraîna dans le jardin. Elles se cachèrent derrière un grand laurier, non loin du pont-levis. D'un coup de baguette magique, la fée les métamorphosa en deux adorables petites souris…

Sortir du château fut un jeu d'enfant. Elles se faufilèrent entre les jambes des gardes et trottinèrent jusqu'au premier gros arbre. Là, elles étaient hors de vue des soldats. Rosette leur redonna leur véritable apparence. Zélina éclata de rire :

— Hi, hi, hi… Je ne me suis jamais autant amusée !

La fée leva de nouveau sa baguette, et la princesse se transforma en paysanne.

— Comme cela tu vas te fondre dans la foule, ma chérie.

Zélina était impatiente : elle allait enfin connaître sa capitale ! Marraine et filleule s'engagèrent sur le chemin menant à la ville.

Le premier contact avec le monde extérieur fut rude : depuis son carrosse, Zélina ne s'était jamais aperçue que la route était si boueuse ! Mais dès qu'elles furent entrées dans la ville, la princesse s'émerveilla devant les riches enseignes des marchands, la chaude animation des tavernes et les colombages sculptés des maisons bourgeoises. Au premier étage de l'une d'elles, une jeune femme apparut à la fenêtre et vida un pot de chambre, dont le contenu atterrit sur la tête de Rosette. Zélina gloussa.

— Ce n'est pas drôle du tout! grommela la petite fée, vexée.

Au détour d'une rue, l'atmosphère s'assombrit soudain. Une pauvre femme dormait à même le sol. Elle tenait un bébé emmitouflé dans son manteau élimé. Cette rencontre indigna Zélina:

— Cette ville est si riche, et certains de mes sujets dorment dans la rue, murmura-t-elle, très en colère.

La princesse s'approcha. Elle caressa la tête de l'enfant, qui sourit dans son sommeil. Puis elle emprunta un sequin d'or à Rosette pour le glisser dans la poche du vieux manteau.

Craignant que la femme se réveille, Rosette entraîna Zélina plus loin. Elles débouchèrent sur la place de l'Hôtel de Ville, la plus belle place d'Obéron. Le vaste palais du maire était dominé par un magnifique beffroi. Zélina retrouva son sourire en l'admirant :

– Quelle vue on doit avoir de là-haut !

Avant que Rosette n'ait eu le temps de lui répondre, Zélina poussa une porte au bas de la tour. Miracle, elle était ouverte ! La princesse se faufila dans l'escalier et se mit allégrement à monter les marches. À la quatre cent douzième pourtant, épuisée, elle commença à regretter son idée. Elle jeta un regard noir à Rosette, qui voletait sans peine autour d'elle.

La fée déboucha la première sur la terrasse, et elle se figea.

– Chut! fit-elle à Zélina.

La princesse se blottit sans un mot dans l'ombre du palier. Ici, elle était invisible. De l'autre côté de la terrasse, un jeune homme regardait le ciel au moyen d'une longue-vue. Absorbé par ce qu'il découvrait, il ne s'était pas rendu compte qu'on l'épiait. De temps à autre, il interrompait ses observations pour prendre des notes sur un petit carnet tout en s'extasiant :

– Fascinant… Ainsi, Jupiter possède elle aussi ses lunes !

Le jeune homme s'appelait Malik. Il était le fils du roi de Loftburg, l'ennemi juré du roi de Noordévie. Mais, cela, Zélina ne pouvait pas le savoir. Par contre, elle put constater qu'il était très beau et qu'il avait l'air différent de tous les garçons qu'elle avait rencontrés jusqu'alors. Sans qu'elle comprenne pourquoi, son cœur se mit à battre follement.

À ce moment-là, Malik leva la tête. Un délicat parfum parvint à ses narines, les faisant palpiter.

Un parfum chaud et tendre, un parfum enchan-
teur et espiègle, un subtil mélange de jacinthe et
de miel, un doux parfum qu'il ne connaissait pas.
Malik en fut ému jusqu'au plus profond de lui-
même. Jamais il n'avait été bouleversé à ce point…

Il regarda autour de lui… Personne !

Rosette tira Zélina par la jupe :

– Il est temps de rentrer maintenant !

5
Un témoin démoniaque

Rosette et Zélina rentrèrent au château comme elles en étaient sorties : en trottinant sur leurs petites pattes de souris. Lorsqu'elles retrouvèrent leur apparence sur l'herbe du jardin, Zélina poussa un soupir :

– Que c'était bien ! Surtout là-haut, sur la terrasse du beffroi…

Rosette sourit. Elle comprenait bien l'enthousiasme de sa filleule. Ce jeune homme était charmant.

– Si tu veux, ma chérie, on peut y retourner demain, lui proposa-t-elle.

– Oh oui, marraine ! Et si l'on partait plus tôt, pour que la promenade dure un peu plus longtemps ?

Rendez-vous fut pris au crépuscule dans le jardin. Zélina embrassa Rosette et regarda la fée disparaître dans la nuit. Puis elle rentra dans le château, monta silencieusement dans sa chambre et se mit au lit.

Dès que Zélina ferma les yeux, le beau visage de l'inconnu apparut devant elle, et ce fut comme si elle était endormie dans ses bras...

Du haut des remparts, quelqu'un avait épié Zélina et Rosette. C'était Belzékor. Le démon, qui venait d'abuser de la bonne chère au dîner, faisait une petite promenade digestive sur la muraille lorsqu'il surprit la transformation des deux petites souris. Il s'approcha alors discrètement du bord de la muraille pour ne rien rater de la scène. Tapi

derrière l'un des créneaux du chemin de ronde, il suivit avec grand intérêt toute la conversation. Puis il sortit de sa cachette en se frottant les mains :

– Alors, comme ça, notre Zélina fait des escapades nocturnes avec sa marraine. Voilà qui va passionner ma maîtresse !

Il réfléchit un moment, jeta un coup d'œil par-dessus le rempart et avisa le gros arbre. Comme elles ne pouvaient pas courir la ville sur leurs petites pattes, Belzékor en déduisit que ça devait être là que les deux fugitives reprenaient la forme humaine. Le démon lissa sa courte barbe, puis se dirigea, satisfait, vers l'intérieur du château.

Le démon monta aux appartements de Mandragone et gratta à la porte.

– Qu'est-ce que c'est? gronda la reine.

– C'est moi, Belzékor, votre serviteur dévoué…

– Et qu'est-ce que vous me voulez à cette heure?

Eh oui, la vie d'un démon n'est pas facile tous les jours!

– Ma maîtresse, je voudrais vous entretenir d'une idée qui m'est venue à l'instant et qui pourrait résoudre rapidement votre petit problème.

La porte s'ouvrit. La main de Mandragone saisit le démon par le col et le tira dans la pièce.

– Vous êtes fou de venir me voir à cette heure! C'est très imprudent. J'espère que ce que vous avez à me dire est intéressant.

Belzékor regarda Mandragone. Il avait dû la tirer de son sommeil: en chemise de nuit, sans maquillage et les cheveux en bataille, elle était laide à faire peur. Elle le regarda en face:

– Alors?

Le démon lui raconta son étrange rencontre

nocturne. Le visage ingrat de la reine s'illumina :

– Mon petit Belzékor, vous commencez à me plaire ! Deux souris, ça ne sera pas très compliqué à faire disparaître…

– Tss, tss… Non, il faut que l'on retrouve le corps de la princesse pour que le roi déclare officiellement votre fils héritier de la couronne. Mais j'ai un plan imparable, qui devrait nous permettre d'en finir dès demain, lâcha le démon avec suffisance.

Il fit signe à Mandragone de se rapprocher pour pouvoir lui parler au creux de l'oreille. Après qu'il eut exposé son idée, la reine se redressa avec un inquiétant sourire :

– Vous êtes vraiment diabolique, monsieur Belzékor !

6
Prisonnière !

*P*endant toute la journée, Zélina eut de la peine à contenir son excitation. Comme il lui tardait de retourner en haut du beffroi ! À l'heure du dîner, elle simula une terrible migraine pour s'éclipser. Elle fit semblant de se retirer dans sa chambre. Mais, au lieu de monter, Zélina se faufila discrètement dans le jardin. Alors que le soleil n'était plus qu'une lueur rouge à l'horizon, la princesse retrouva sa marraine derrière le grand laurier. Celle-ci les transforma à nouveau en petites souris. Elles franchirent le pont-levis sur leurs courtes pattes, puis coururent derrière le gros arbre. Là, comme la veille, la fée et sa filleule redevinrent elles-mêmes. Et…

Et, soudain, Rosette fut frappée de paralysie ! La pauvre ne pouvait plus bouger. Les cinq doigts crochus de Belzékor s'étaient refermés sur elle ! Le visage caché par une lourde capuche, celui-ci fit rapidement disparaître la fée dans une cruche en terre cuite, qu'il ferma avec un bouchon de liège. Au même moment, deux complices du démon se saisirent de Zélina. La pauvre princesse eut beau se débattre, frapper avec ses petits poings et crier à perdre son souffle, les hommes l'enfouirent sans ménagement au fond d'un solide sac de jute. L'un d'eux demanda d'une voix forte :

– Alors, monsieur, et nos mille sequins d'or ? Vous nous aviez promis…

Belzékor répondit mielleusement :

– Ne vous inquiétez pas, messires, je vous les

donnerai quand vous aurez achevé votre mission.

Il y eut un silence. On aurait dit que les ravisseurs réfléchissaient.

– Mouais, fit une autre voix. C'est d'accord… Mais pour ça, il va falloir attendre la nuit noire. C'est bien trop risqué avant.

– Vous avez tout votre temps, fit la voix du démon. Il suffit que vous en ayez fini avant l'aube.

Dans son sac, Zélina frissonna. De quelle mission parlaient-ils ? Et qui étaient ces hommes ? Venait-elle d'être enlevée par des agents du Loftburg, le pays voisin dont le roi était si fâché avec son père ? Et que faisait sa marraine ? La voix dégoulinante de fausseté reprit :

– N'oubliez pas, messires! Cela doit passer pour un horrible accident...

Un horrible accident? Mais qui devait avoir un horrible accident? Zélina blêmit en le comprenant soudain: ils parlaient d'elle!

L'un des malfrats ricana de sa grosse voix:

– Les bords du lac sont tellement dangereux la nuit! On n'y voit goutte, et il faudrait être fou pour venir s'y promener seul! En attendant qu'il fasse noir, mettons le paquet à l'abri.

Dans son sac, Zélina se mit à sangloter. Mais quelle idée elle avait eue de sortir? En plus, elle n'avait même pas prévenu Ambre! Qui allait venir à son secours? Elle cria de toutes ses forces. L'un des hommes lui assena un coup de bâton, qui l'assomma net.

L'homme à la forte voix chargea le sac sur son épaule:

– Bon, ce n'est pas tout! Nous avons un bout de chemin à faire! Rendez-vous ici demain matin à l'aube pour notre or, d'accord?

– C'est ça, c'est ça…, grommela Belzékor.
À demain !

Tout en regardant s'éloigner les deux
brigands, le démon réfléchissait à la façon dont il
allait se débarrasser de ces deux-là une fois leur
forfait accompli.

Ensuite, il rabattit sa capuche et rentra tran-
quillement au château. Il commençait à avoir
comme une petite faim.

7

Dans la cave du Hibou Borgne

En cette fin de journée, les rues d'Obéron grouillaient encore de monde. Les deux brigands firent un détour par les ruelles les plus sombres de la ville pour éviter les soldats du guet. Au bout d'un moment, ils arrivèrent devant une porte discrète. C'était l'entrée de service de l'auberge du Hibou Borgne. Le plus petit d'entre eux poussa la porte, et ils descendirent directement à la cave. Personne ne les avait vus entrer dans l'auberge.

– Pas fâché d'être enfin à la maison, Gros-Maurice! fit le plus petit de sa voix forte.

– Comme vous dites, patron, répondit l'autre.

L'homme que Gros-Maurice avait appelé «patron» était en fait le propriétaire du Hibou Borgne. Gros-Maurice était son homme à tout faire. Il servait les clients et aidait son patron dans tous ses mauvais coups.

– Bon, Gros-Maurice, va ouvrir l'auberge. Les clients doivent s'impatienter. J'arrive, le temps de ranger le colis au frais!

Gros-Maurice remonta dans la salle et alluma les chandelles. Ensuite, il ouvrit la taverne, et les clients commencèrent à s'installer.

L'immonde aubergiste choisit un tonneau vide et secoua sans ménagement le sac au-dessus pour y vider son contenu. Puis il se pencha sur la barrique, sans se rendre compte qu'il piétinait le mouchoir de la princesse, tombé par terre. Sa botte macula de boue et de poussière la fine pièce de tissu brodé. Le choc réveilla Zélina. Elle avait mal

partout. Elle leva les yeux et vit la face repoussante du tavernier.

– Où… où suis-je? balbutia-t-elle.

L'homme éclata de rire:

– Au paradis des ivrognes, princesse! Profitez-en bien, la suite risque d'être moins drôle…

– Qui êtes-vous? Et que voulez-vous?

– Votre bien, vous vous en doutez… Ha, ha, ha!

Entendant ce rire sinistre, Zélina se releva et tenta d'enjamber le bord du tonneau. Le scélérat la repoussa brutalement:

– Hé, tout doux! C'est qu'elle est encore pleine de vie, la donzelle!

Décidément, Zélina n'aimait pas l'humour de cet ignoble individu:

– Espèce de brute ! Vous allez voir ce que vous allez voir quand mon papa va s'apercevoir de ma disparition !

La canaille ricana encore :

– Ha, ha, ha ! À ce moment-là, je serai loin !

Puis il gifla Zélina, qui retomba au fond de son tonneau.

– Vous n'êtes qu'un… qu'un gougnafier ! lança la princesse.

C'était la seule insulte qu'elle avait trouvée. À la cour, on ne disait jamais de gros mots, et Zélina regretta amèrement d'être si bien élevée. L'aubergiste posa un couvercle sur le tonneau et le fixa avec trois clous. Il avertit Zélina d'une voix menaçante :

– Bon, assez rigolé ! Vous vous calmez, ou je remplis cette barrique d'eau-de-vie.

Zélina n'osa plus rien dire. L'homme coucha le tonneau et le rangea parmi les autres. Puis, le prenant pour un chiffon, il ramassa machinalement le mouchoir et remonta dans l'auberge.

8

Un étudiant très discret

Comme tous les soirs, Malik dînait à l'auberge du Hibou Borgne, où il logeait depuis son arrivée à Obéron. Seul à sa table, le coude posé sur sa grande Encyclopédie d'astronomie, Malik était perdu dans ses pensées.

Au début de l'année scolaire, Malik s'était inscrit à l'université sous le faux nom de Malik Leaubourg. Pourquoi ce mensonge? Parce que, depuis quelques années, le conflit couvait entre les deux petits royaumes voisins de Noordévie et de Loftburg. Leurs souverains ne s'adressaient plus la parole, et les escarmouches entre leurs deux armées se multipliaient à la frontière. Mais la soif d'apprendre de Malik était si grande… Comme il n'y avait pas d'université dans son pays, il avait été obligé de s'exiler chez l'ennemi. Pour que le jeune prince puisse poursuivre ses études en Noordévie, son père, le roi Otto de Loftburg, lui avait fait jurer de garder secrète sa véritable identité. Personne à Obéron ne devait s'en douter ; il y allait du prestige de son pays.

Alors, même si les cours étaient passionnants, Malik avait le vague à l'âme. Le Loftburg et sa douce capitale, Schnitzel, lui manquaient terriblement, et vivre dans le mensonge lui pesait de plus en plus. Décidément, il n'aimait pas les affaires politiques !

Le tavernier s'approcha de son hôte :

– Messire Malik, vous n'avez rien mangé ! Vous n'aimez pas notre cuisine ?

La voix de l'homme arracha Malik à ses pensées moroses. Il répondit :

– Oh si… Mais je n'ai pas très faim ce soir.

Le tavernier le regarda un moment en tortillant sa serviette. Puis il bafouilla, un sourire torve aux lèvres :

– Euh… À propos… Et pour la chambre ?

Malik commençait à bien connaître ce vieux grigou : il aimait être payé d'avance. L'héritier des Loftburg sortit trois sequins d'or de sa bourse. Il les lança à l'aubergiste, dont l'œil avide s'illumina :

– Merci, mon Prince !

Malik sursauta. Comment savait-il?

– Mais je… je ne suis pas prince, dit-il.

– Oh, messire Leaubourg, ce n'est qu'une façon de parler!

Malik fixa l'homme: il ne lut aucune malice dans ses yeux. Le tavernier prit l'assiette encore pleine de son client et essuya la table avec le chiffon ramassé à la cave.

Un sublime parfum chatouilla les narines de Malik et le tira de sa mélancolie. Un parfum unique. Il le reconnut tout de suite. Ce merveilleux mélange de jacinthe et de miel était de ceux que l'on n'oublie jamais! Mais d'où venait-il? Malik fouilla l'auberge des yeux. Il ne vit qu'ivrognes, soudards et vide-goussets.

Intrigué, il se leva. Il fit le tour de l'auberge, reniflant discrètement de-ci de-là. Quelle ne fut pas sa surprise lorsqu'il constata que les doux effluves qui le faisaient tant rêver provenaient… du tavernier! Plus précisément, ils s'échappaient de l'immonde chiffon que celui-ci portait à sa ceinture. Malik le regarda plus attentivement. Sous la crasse, il lui sembla distinguer de délicates broderies. À qui pouvait-il bien appartenir ? Pas à ce lourdaud d'aubergiste, ça, c'était sûr. Il avait dû le ramasser dans la rue. Malik poussa un soupir à fendre l'âme : hélas, il ne connaîtrait jamais l'origine de cet extraordinaire parfum, ni la demoiselle qui avait perdu le mouchoir échoué entre les pattes de l'aubergiste.

Peu à peu, la taverne se vida. Il était tard, et Malik monta dans sa chambre. Mais alors qu'il retirait ses chaussures, il se rendit compte qu'il avait oublié son encyclopédie sur la table. Il sortit sur le palier et commença à redescendre l'escalier. De là, il entendit le propriétaire du Hibou Borgne remonter de la cave. Il ralentit son pas.

– C'est bon, Gros-Maurice, la princesse se tient tranquille, grogna le tavernier. Donne-moi la cordelette qui se trouve derrière le comptoir.

Malik se tassa dans un coin sombre de l'escalier, et il tendit l'oreille.

Une princesse ? Serait-elle prisonnière ? Et si c'était son parfum ? Quoi qu'il en fût, les deux vilains ne semblaient pas avoir de très bonnes intentions à son égard.

– Tavernier, si on buvait un petit coup pour se donner du courage ? lança Gros-Maurice.

– Tu as raison. De toute façon, on a du temps…

Gros-Maurice sortit une bouteille et deux verres. Les deux hommes s'assirent à une table et se mirent à boire. Profitant de ce qu'ils avaient le dos tourné, Malik se faufila jusqu'à la porte de la cave. Que se passait-il en bas ?

9
Un combat inégal

*L*orsque Malik poussa le battant en bois, l'odeur de vinasse aigre le prit à la gorge. Cependant, son nez exercé parvint à distinguer dans l'obscurité les délicates senteurs de jacinthe et de miel qui l'avaient tant troublé. Il referma doucement la porte, descendit l'escalier et s'avança à tâtons parmi les tonneaux couchés, empilés les uns sur les autres. Au centre de la cave, le jeune homme murmura :

– Euh… Il y a quelqu'un ?

Une petite voix étouffée lui répondit aussitôt :

– Sortez-moi de là, s'il vous plaît !

L'oreille fine de Malik lui permit de retrouver le tonneau emprisonnant la propriétaire de la voix. Toujours à tâtons, il chercha de quoi faire sauter les clous qui retenaient le couvercle. Mais sa main ne rencontra qu'un lourd tabouret de bois. Ses doigts continuaient à explorer la pénombre lorsque des pas se firent entendre dans la salle.

Un rai de lumière apparut sur le sol de la cave !

La porte s'ouvrit. Malik eut tout juste le temps de se cacher dans l'escalier. Les deux affreux descendirent dans la cave.

– Gros-Maurice, tu as bien ton pied-de-biche ?

– Vous me prenez pour un débutant, patron…, grommela Gros-Maurice. Moi aussi, je veux en finir rapidement.

L'aubergiste posa sa chandelle sur un tonneau. Gros-Maurice se mit à frapper les fûts les uns après les autres avec son outil. Il s'arrêta devant l'un d'eux, qui sonnait creux, et fit sauter les clous. Quand il eut déposé le couvercle par terre, son complice sortit Zélina en la tenant à bras-le-corps.

— Lâchez-moi, espèce de brute ! cria la princesse.

— Bâillonne-moi cette petite peste, Gros-Maurice, ordonna le tavernier.

Gros-Maurice posa le pied-de-biche et détacha son foulard pour faire taire la prisonnière. Mais au moment où il s'approchait de la princesse, il s'écroula comme une masse aux pieds de son patron.

Celui-ci leva la tête et vit la silhouette de Malik se dessiner dans le halo de la bougie, le tabouret à la main. L'aubergiste serra sa victime et grogna tel un fauve :

– Pas un pas de plus, ou je lui brise le cou !

Profitant de cette diversion, Zélina planta ses dents dans l'avant-bras du scélérat, le mordant jusqu'au sang. Le tavernier poussa un horrible hurlement et lâcha la princesse. Mais il se ressaisit rapidement :

– Espèce de sale petit fouineur ! Tu ne perds rien pour attendre.

Malik recula vivement dans l'ombre de l'escalier. Les bras tendus en avant comme pour l'étrangler, le tavernier lui fonça dessus, menaçant. Mais il trébucha sur le corps de Gros-Maurice et s'affala lourdement. Alors qu'il essayait de se relever, le bandit entendit un petit bruit. Il se retourna et vit Zélina qui le fixait, le pied-de-biche à la main. Il écarquilla les yeux, terrifié : la princesse venait de faire sauter la cale qui retenait les tonneaux !

Dans un grand fracas, une dizaine d'énormes fûts de bois roulèrent vers lui et l'écrasèrent! La canaille eut juste le temps de pousser un cri affreux.

Stupéfait, Malik tenta de comprendre ce qui s'était passé. À ce moment, la lueur de la bougie éclaira le joli visage de Zélina, qui émergeait derrière les tonneaux. La princesse tenait toujours fermement son pied-de-biche à la main, prête à en découdre. Avec son air à la fois inquiet et décidé, elle était si belle! Le mystérieux parfum avait tenu sa promesse…

Malik saisit la princesse par la main et l'entraîna dans l'escalier:

– Vite, mademoiselle! Fuyons avant qu'ils reprennent leurs esprits.

10
Une rencontre
pleine de surprises

*M*alik ferma la porte de la cave à double tour et précéda Zélina dans la salle de l'auberge. Les dernières braises du feu rougeoyaient dans la cheminée. Il prit la lanterne qui se trouvait sur le comptoir.

– Un peu de lumière nous aidera à nous remettre de cette mésaventure, mademoiselle.

Ensuite, il s'accroupit devant l'âtre, attrapa un bout de bois incandescent et alluma sa lampe avec.

Une douce lueur baigna alors les jeunes gens.

– Voilà qui est mieux !

Zélina dévisagea son sauveur. Elle poussa un petit cri de stupéfaction :

– Vous !

Malik regarda la princesse, surpris :

– Mais… nous nous sommes déjà rencontrés ?

Zélina ne répondit pas. Elle se contenta d'esquisser un petit sourire timide. Malik était certain qu'il voyait la jeune fille pour la première fois. Et pourtant il lui semblait déjà la connaître !

Ils restèrent un moment ainsi à se regarder, aussi troublés l'un que l'autre. Aucun des deux n'osait briser l'étrange magie de cet instant. Malik finit par demander :

– Pourquoi ces gibiers de potence vous ont-ils enlevée ?

Zélina baissa les yeux, un peu honteuse.

– Je ne sais pas… Je voulais seulement sortir du château pour me promener dans les rues d'Obéron.

Du château ? Malik pâlit. Dans quelle histoire s'était-il encore fourré ?

– Vous… vous vivez au château ?

Zélina acquiesça. Malik bafouilla :

– Vous n'êtes quand même pas…

– Ben si… Je suis la princesse Zélina !

Le fils du roi de Loftburg manqua de s'étrangler. Ce n'était pas vrai ! Il venait de sauver la fille du pire ennemi de son père. Jamais personne ne voudrait croire qu'il n'avait pas fait exprès !

– Et vous? Comment êtes-vous arrivé jusqu'ici? demanda Zélina.

– Oh, euh… par hasard. Je dînais ici, et…

Des pas et des cris résonnèrent dans la rue. C'était une ronde des soldats du guet, sans doute attirée par le fracas de tonneaux dans la cave. Malik regarda autour de lui, affolé: l'endroit commençait à sentir sérieusement le roussi!

– Excusez-moi, Princesse, mais je préférerais rester en dehors de cette histoire, ne vous en déplaise.

Il se précipita vers la porte de service de l'auberge, celle qui débouchait dans la petite ruelle sombre. Zélina le suivit des yeux, éberluée:

– Mais… Comment pourrai-je vous remercier? Je ne connais même pas votre nom!

Malik se retourna sur le pas de la porte. Il hésita un instant…

– Malik, finit-il par dire. Je m'appelle Malik.

Puis il disparut, happé par la nuit, tandis que les soldats investissaient l'auberge. Zélina sourit:

– Adieu, beau Malik…

Le capitaine des soldats reconnut tout de suite la princesse et s'inclina respectueusement devant elle. Mais, tout aussi respectueusement, il se permit de s'étonner de la trouver en pareil lieu. Zélina lui raconta alors ses malheurs de la nuit : comment deux infâmes bandits l'avaient enlevée et comment un jeune homme inconnu l'avait délivrée.

– Et il ne vous a pas même donné son nom ?

Zélina ne répondit pas. Une princesse avait aussi le droit d'avoir ses petits secrets.

11
Le jugement du roi

Belzékor prenait l'air, assis sur les remparts. Une cruche en terre cuite dans une main, un pain au chocolat dans l'autre, il regardait le soleil se lever. Dans quelques heures, toute cette histoire serait terminée, et il pourrait prendre un repos bien mérité. Soudain, il aperçut une troupe de soldats qui se dirigeaient vers le château. Le démon plissa les yeux. Au milieu des archers il reconnut le tavernier et son homme de main,

qui ployaient sous les fers. Une gracieuse silhouette à la longue natte brune marchait en tête de la
petite troupe.

Non, ce n'était pas vrai !

Saisi d'effroi, Belzékor laissa échapper la
cruche. Celle-ci se fracassa aux pieds de Zélina,
qui regarda, les yeux tout ronds, Rosette se déga-
ger des morceaux de terre cuite, un peu sonnée.

– Marraine ? Mais… que faisais-tu là-dedans ?
s'exclama la princesse.

Igor et Mandragone sortirent dans la cour,
attirés par le remue-ménage. Belzékor se glissa
derrière sa maîtresse. Apercevant sa fille au milieu
des soldats, le roi gronda :

– Qu'est-ce que tout cela signifie ?

Zélina se jeta dans les bras de son père et lui
raconta comment elle avait été enlevée par ces
deux affreux brigands. Igor devint tout rouge.
Il saisit Gros-Maurice par le col et le secoua
comme un prunier :

– Et que comptiez-vous faire de ma fille ?

Le tavernier ne laissa pas à Gros-Maurice le temps de s'exprimer. Ce fut lui qui répondit piteusement qu'ils ne voulaient aucun mal à la princesse : ils avaient juste l'intention de la rendre contre une modeste rançon… Igor reposa Gros-Maurice et respira un grand coup. Sa sentence ne se fit pas attendre :

– Tout ce que vous avez gagné, c'est de finir vos jours sur une de mes galères !

Mandragone soupira. Elle était soulagée. Belzékor se mit à sauter sur place pour lui parler à l'oreille :

– Hé, hé… je le savais bien ! Ces deux idiots n'allaient quand même pas avouer qu'ils s'apprêtaient à faire disparaître la princesse. C'est leur tête qu'ils risquaient alors…

En retour, il reçut un magistral coup de coude dans les côtes :

— Belzékor, vous êtes un abruti, souffla la reine.

Le roi se retourna vers Zélina :

— Mais, au fait, comment es-tu sortie du château ? Il est gardé de toutes parts.

— C'est ma faute, je suis désolée…, fit une petite voix penaude.

C'était celle de Rosette. Elle expliqua que la volonté de Zélina était si forte qu'elle avait cru bien faire en l'aidant. Igor sermonna la fée et lui demanda d'être plus prudente à l'avenir.

Zélina fit un petit clin d'œil malicieux à sa marraine. Le roi fronça les sourcils :

— Quant à toi, tu vois bien à quoi ça mène, de quitter le château ! Je te l'ai dit : ta place est ici, en sécurité. Tout le monde t'aime, et personne ne te veut de mal entre ces murs.

Zélina baissa les yeux :

— Oui, papa chéri…

Le roi se dérida, et il esquissa un petit sourire :

– Heureusement, tout est bien qui finit bien !

Il faisait maintenant jour sur Obéron. Après un solide petit-déjeuner, Zélina entraîna Ambre sur les remparts du château. D'ici, la ville paraissait magnifique. Zélina toussota :

– Hum… Je peux te confier un secret, Ambre ?

L'œil de la demoiselle de compagnie pétilla. Elle approcha son oreille. Zélina montra Obéron du doigt et chuchota doucement :

– Là-bas, j'ai rencontré un jeune homme charmant. Je ne sais pas qui il est. Je connais juste son nom : Malik. Mais il y a une chose dont je suis sûre : un jour, nous nous reverrons…

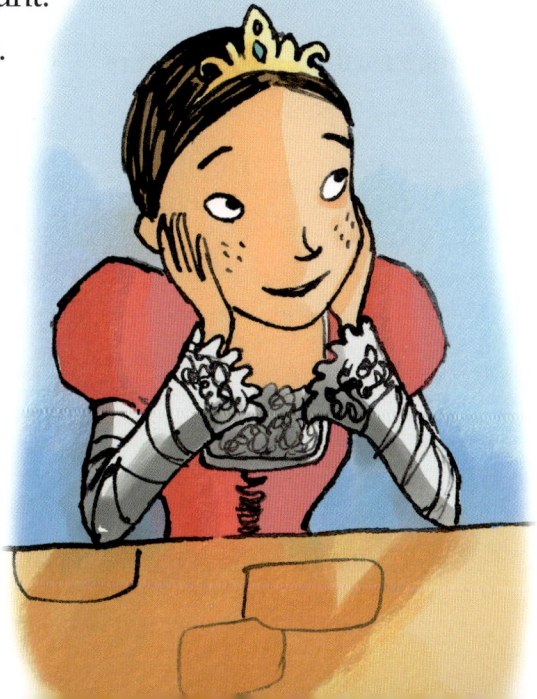

Dans la même collection

Onzième édition

Couleurs : Marmelade. Illustrations 3D : Mathieu Roussel.

© Bayard Éditions, 2009
© Bayard Éditions Jeunesse, 2002
18, rue Barbès, 92128 Montrouge Cedex
Princesse Zélina est une marque déposée par Bayard.

ISBN : 978-2-7470-0077-2
Dépôt légal : octobre 2002
Loi 49 956 du 16 juillet 1949 sur les publications destinées à la jeunesse
Reproduction, même partielle, interdite
Imprimé par Pollina, France - L60489A.